JN062458

北山あさひ

# 崖にて

現代短歌社

# 崖にて*目次

北山あさひ

# 崖にて

# I

## 最善

北にすむひとよ南にすむひとよ空を見上げるだけで手紙だ

どのビルも崩れずにある真昼間にかならず愛を知ろうと思う

花びらのごみとなりたる一瞬にこころの水平つめたく測る

風の日に鳴っている絵馬走れ走れ願った分だけある落し前

最善を積み重ねてはおにぎりの中身のように自由に笑う

王子なら私がなるね髪型がたやすく変になる今は風

グッドラック廃屋

いちめんのたんぽぽ畑に呆けていたい結婚を一人でしたい

燃やしたら歓びそうな枯れ野原つづいて北の東の東

三十代昏く過ぎればぽっ、ぽっ、と廃屋ばかり光って見える

元気かな　むかし彼氏に叩かれてそれでも笑っていた女の子

湿地から漁村へ抜けてゆくバスの窓辺でわたしは演歌の女

つと消えてまた舞い上がる海鳥よやぶれかぶれの直売所も見ゆ

履歴書の写真のような顔をして飛んでいるのにかもめはきれい

美しい田舎　どんどんブスになる私　墓石屋の望遠鏡

咲いているビニール袋を数えかぞえ海岸線にいつか眠りぬ

夕焼けて小さき鳥の帰りゆくあれは妹に貸した一万円

約束の数だけ長く生きられる駅から光こぼれやまず

臨月のともだちへ手を振っているこのようにたまに灯台になります

もしかしたら眩しいだけの水かもと思いつつまだ旧姓で呼ぶ

波たてば順番通りに揺れていくいち、にー、さん、しー、この春の船

ねえ仕事たのしかったね勇ましい鮭の鱗のような雲だね

母でなく妻でもなくて今泣けば大漁旗がハンカチだろう

「いいのいいの」と微笑みながら妊婦ひとり夜の交差点に踊りぬ

巨大なる会いたさのことを東京と思うあたしはわたしと暮らす

ハズレくじ三枚ぎゅっと丸めたら明るくなって春の曇天

変わりたいような気がする廃屋をあふれて咲いているハルジオン

プラダの財布

さみしさは永田町から来て春のきれいな季語で編むネックレス

物語始めるようにお葬式一回分の貯金をおろす

はたらいて土の顔する夕暮れに街がいちばん邪魔であること

土曜日の午前と午後のさかいめをカーニバルめく自転車屋あり

みずからの蜜に蕾を閉ざしいる芍薬、とまで詠みて捨てたり

あの赤いプラダの財布よかったな買おうかな働いて働いて

あめかぜに髪を舞わせて納税す私の武器は私のこころ

なんなんだ

じきに雨やがて戦争ばらばらとクロワッサンは壊れるばかり

ごめんなさいデモには行きたくない　すーっと風から夜が始まってゆく

すはだかの特に乳房の滑稽よ氷を摑む〈俺〉の気持ちで

芝を見て鳩を見る　小田ちゃんがいる　ほっとして窓をぐわんと閉める

手のひらに仏の写真をひらきたり背中に窓を持ちたるほとけ

八月十五日　お家三軒分くらいの夕焼け雲　なんなんだ

駆けてゆく大きな夏の脚を見よ街という街、菊という菊

ＴＳＵＴＡＹＡへ行きそのあと鳩を追いかけた私から出ていくなよあたし

さみしくて怖くて楽しい二十二時　噴水に手をゆっくり洗う

## 菊とオーロラ

夢に見たどのわたしにも遠い日のひどいといえばひどい菊展

潔く枯れてゆく森ここからは骨うつくしき季節を歩く

紅茶から引き上げるときそれなりにティーバッグ重しオーロラ速し

陽気なるウールセーター死ぬまでに往復ビンタをしてみたいのだが

淋しくても死にやしない空のない望遠鏡売場を歩いてる

お茶漬けのあられ浮いててばかみたい会いたさはひどく眩しい梯子

うし、みつ、どき　静かに立てり　今わたしこの世に刺さるブローチだから

菊だけがただの花ではないことに疲れる水を飾って眠る

報道部にて

二〇一一年三月十一日〜十四日、札幌市内Aテレビ局での記録

（思い出すあれは光たちの尻尾）ダジャレから始まる打ち合わせ

わたくしを心臓が呼ぶ東北に緊急地震速報起てり

ＮＨＫ国会中継震え出し周りを見ればみなけものの眼

ブザーより一秒早く回り出すパトランプ、赤、誰か走ってる

「震度7！震度7！」と叫んでる桜田そんな声が出るのか

沸騰を始める報道フロアーを黙々と撮るカメラマン居り

「あの看板、地震で揺れているのかな？空調じゃなく？」私は馬鹿だ

一枚のＦＡＸ抱いて駆けて行く　字幕を作る　津波が来ると

訓練になかったこんな真っ暗で長い廊下がんばれがんばれ

緊急特別番組（カットイン）始まるまでのカウントをしているヒロコの声の確かさ

片隅のテレビモニターいっぱいに東北の黒　キタヤマ！と声

いっせいにまひるの海へ向けられる日本中のお天気カメラ

ひたひたと函館・釧路・浦河の街に水が来る音のないみず

低賃金に辞めた田村が釧路から電話レポートしていて泣ける

「今すぐに逃げて！」と赤く点滅するテロップの系統が足りない

ＣＭのない放送（オンエア）は遠泳に似ている顔を上げて呼吸（いき）する

報道部に生きているひと躍動しかなしき夜のかなしき島だ

フロアーに熱い身体で集まって明日のことを話し始める

卓上に闇があるかと思ったら応援用おにぎり三十個

〈いつか〉という名の後輩と本当にしずかなおにぎり手に乗せている

いくつものベッドが浮かんでいるような静かな夜を眠るほかなし

奥尻島青苗地区の友達へメール　これはさみどりの鳩

奥尻の海産物を食べられない先輩がいる十八年経っても

友達と交わすメールの顔文字は怯えてばかり　あのとき死なず

北海道南西沖地震（あのとき）は記者だったひと今はただ部長の椅子に目を瞑りおり

函館で一人亡くなりどこからかバナナ現る　進まなくては

ゲンパツガバクハツシタと声がして見れば酒井の小さなからだ

これやばいこれはやばいよ日テレの独占だよってお前黙れよ

みんなただ突っ立ってたよ沢山のモニターにその顔を照らして

名前もない会議室から探り出す線量計の黄ばんだプラスチック

終わらせることのできないものを生み私にもあなたにも廃墟

衛星を「ほし」と呼ぶとき掻き毟りたきこころ見えているかそこから

ゆっくりとピント合わせば静かなる泊（とまり）原発まだ雪のなか

駄目じゃない、テレビは駄目じゃない　腕をいっぱい伸ばし原稿渡す

抱きしめるようにホワイトボード消す三月の報道部　死なない

Ⅱ

風家族

飛んでいく麦わら帽子いつだって遠さが心を照らしだすから

夏雲のあわいをユー・エフ・オーは行くきらめいて行く母離婚せり

家族というコントを生きてお母さん役お父さん役を終えたり

波乗りのひとりふたりが波の間に立ったり消えたり　眠たくなるや

して、自由にして、お前は　噴水はまっすぐ上がりとてもいい子

電話からざんざんと草の音がする母さんは今どこにいるのか

紫陽花のひとつひとつが夏の脳　考えて、答えを考えて

父は父だけの父性を生きており団地の跡のように寂しい

顔面で受け止めている波飛沫ろくでなしの子はろくでなし

夢のなか母は何度も刺されたり私の前に腕をひろげて

自由とは速さ、たとえば鳥の糞　長女のように街は立つなり

家族いらん実家いらん摑まれて右手首から人に戻りぬ

父の死をあなたは話す揺れながら小さく白い船が来ている

たぶん今ニトリに行ったら吐く　風が動いて他人を抱く他人は

断崖を見たいと言えばうんと言うこの感情も家になるのか

「母の戸籍に入りたい」書き終えて家裁を出たら夕立でした

紙という燃えやすきものにわが家あり戸籍謄本抱いて走る

父の着るヤクザみたいなセーターの虎がけっこう好きだったなあ

お墓って幾ら　冷たい顔をして窓を開けようトンネルを抜けたら

他人から他人へ渡る体温の私たち陽当たりのいい崖

来世にはちがう人の子雲ちぎり花ちぎり吹く風が実家だ

## ＡＬＩＶＥ

某大学病院　治験部門にて

ＣＴ画像繰れども繰れども〈心〉がない気持ち悪くてとても眠たい

〈ＡＬＩＶＥ（生存）〉と入力すれば雨上がりアキレス腱を伸ばしに林へ

酢は立てり血もまた立てりしんしんと血液用冷蔵庫の中に

ベーリンガーインゲルハイム社うららかに入力マニュアルが役立たず

血を運ぶエレベーターに血を握る一人のようで二人のようで

「北山さん医療資格ないんだ」と斜めに言われ「ねえよ」と思う

あかね雲グラクソ・スミスクラインのクソの部分を力込めて読む

毒ガスより生成されし抗悪性腫瘍剤（シクロホスファミド）いのちは手に負えず　秋

シクロホスファミドの袋を御守りのように思いき素人であれば

マキさんが辞めてさみしい鳩たちを「鳩」と呼んでは追いかけまわす

秋のあさ秋のゆうぐれこくこくと人の静脈あおざめゆくも

息を吐き、吐ききりカルテは途絶えたりそこから先はあなただけの森

カタカナで採血管に名前を書くみんなミッシェル・ガン・エレファント

まだあおき銀杏並木の入口が出口で出口が入口　またね

ハワイ

午前二時の鏡の中の乳首二つもうやめるんだ　ハワイ行きたい

松に雪　振り返りつつ改姓の手続きをしに行く松田さん

ついてほしい取り返しのこと全霊でコピー機に手を突っ込んでいる

残高六十八円　遠く薄く心の果てにあるお正月

まっすぐに心はお金を経由せり白ヒヤシンス青ヒヤシンス

「わろてはる」って言ってみたい契約が切れたらみんなさようなら

サーベルのようにビニール傘提げて痴漢斬りたし痴漢斬りたし

服を着ても少し震えているチワワどこへ行くのだろう旧姓は

小路から小路へ駆ける野良猫のパンダちゃん夢がなくてもいいよ

本当に嫌いなものは何だろう吹雪の中で私を洗う

無理

雪と霊読みまちがえて霊の降る街に男の頸を見ている

会いながらどんどん山になる滝になる一人でも平成は愉し

ちちははの壊れし婚にしんしんと白樺立てりさむらい立てり

乳首を嚙めば吹雪を着るようにさびしくなりぬ　永遠は無理

平気だと言うほんとうに平気だから　鎮痛剤は心で服めよ

零れながら凍ればつららになることも優しい科学のひとつに数う

あなたより私のほうが面白くまともだ先に行く冬の橋

冬の人

ほのかなる霊能力へのあこがれを抱きて冬の川を見ている

松の木に雪降りかかる完璧をすなおに憎むすなおなり冬

身体に心こころにからだ粛々と大根を煮る武道のように

離婚してほしいと言ったことがある　ヒヤシンス　咲きたくなっちゃった

数珠が良く切れたらそれは良き除霊しらかば並木えんえんと見ゆ

うすあおき兵となりたるＳＭＡＰのからだのむこうに小さき滝見ゆ

群青の胸をひらいて空はあるかけがえないよさみしいことも

サリチル酸メチルと冬のふくらはぎ明日には明日の疲れを生きて

酔っぱらいはまぶしい　やげん軟骨を耳に飾って踊るんですと

Nの中の私、私の中のN　才能だけでは尼になれない

今日もまたあたしの家にわたくしを帰して点すこころの煙草

リモコンの電池を外しまた別のリモコンへ　猛吹雪の夜だ

森を抜けて

夕暮れの空をがりがり引っ掻いてポプラが呼んでいる雪嵐

三十を過ぎてようやく好きになる松の木どこから見ても松の木

マキの腕を掴んで歩くハルニレがずんずんついてきていやだなあ

彷徨えばさまようほどにむくむくと〈俺〉湧き出でて〈俺〉の昂り

雪つぶてひとつひとつに顔がある森を抜けても私だろうか

春という言葉に力がありすぎて「春」と言うたび雪崩るるこころ

跳ぶキツネ転がるキツネ走り去るキツネ霊力薄そうだった

霊力のいやおうなしに高まれる蝦夷の原野の契約職員

マキが走りカナが悲鳴を上げている遥かなり吹雪の焼肉屋

金持ちごっこ

三月のガラスにどんとぶつかって消えてゆく風　こわがるべきか

小さくて高品質のランプみたいな午前0時の目白駅舎は

北山様、北山様と呼ぶ声に痴れてゆくなりCHINZANSO TOKYO

やたらと壺、それにいちいち手を触れてキタヤマサマは非正規職員

檜風呂にごんごん満ちてゆくお湯の無邪気を見たりお金はこわい

苛立ちはざくりと兆しあの庭もあの絵も燃やしたろか　燃やせぬ

残高の十八円がほんとうの友達だから泣かずに帰る

帰ったら雑穀ご飯でも食べよ新宿代々木原宿渋谷

春風

四月十一日雪の吹き荒れて北海道は武道なんです

ほろほろと夕雲は浮き夕雲のごとき雇用にご飯は炊ける

おーいおーいと呼べどもひとりぼっちなる１ＬＤＫ泣けば暑い

卓袱台をひっくりかえす荒くれの心に卓袱台なければうたを

かなしいが悔しいになる感情の一間続きに春風通す

## 六月と狛犬

紫陽花があじさいを呼ぶ雨の日はイブプロフェンに脳(なずき)をひらく

六月の退職届、そののちは心のなかの侍も眠い

マキさんと鳩を見ていたあの窓ももうSさんの窓となりたり

大きさを確かめるため芍薬に拳をかざす路地仄暗し

クサカゲロウふうと吹いたらふうと消ゆ貯金はするが勝算はない

お元気で　会釈をしたるOさんのすずらん揺れてこぼれてしまう

鎌倉のだいぶつさまの背（せな）にある窓ひらきたし頬杖つきたし

さらさらと笑って揺れて雨の日はよく竹になる女ともだち

蓮池を見るおじいさん・おじいさん・Nikonを持ったおじいさん・わたし

消えてゆくおうちの灯り、消えないでそこにある窓　ちゃんとしなくちゃ

思い出が狛犬になるカーテンを閉じたらたった一人だけれど

## 八月の崖

かもめ・かもめ・ともだち・かもめ　日常が正しく深い呼吸（いき）をしている

白髪一本うつくしければそのままで港というあかるさをあゆめり

夏薔薇はコンクリートに咲きあふるいのちに仕事も貯金もなくて

錆びている紫陽花　スナックエリーゼのママ　平成に撮りためる写真

サンダルも脱いで裸足でまっしろなあの灯台へ　今は撃たれず

お豆腐はきらきら冷えて夜が明ける天皇陛下の夢の崖にも

ともだちを旧姓で呼ぶともだちがちゃんと振り返る　蚊だよ

腕も脚も心もここにある夏を憶えていたい　ながいながい汽笛

すずなりにはまなすの実は輝いてふと兆したる乳首の痒さ

頭(ず)の上に神社がのっているような真昼を溶けてゆくロキソニン

なんとなく泣きたいような六畳間喪服があるなら着てみるけれど

今生に果たす全ての約束の今どのあたり　おやすみ、またね

南洋の戦記の栞紐は青　生きているから嘔吐している

グライダー一機くるくる飛ぶ様の空気がとても読めない感じ

投票へ行かない人と会議室のおおきな窓を全力で開ける

たくさんの菊たくさんの無視いつも八月十五日がこわかった

香典になる千円のぶわぶわをしずかに圧(お)している桃子さん

うっとりと三半規管に溺れいる小石よこれは此岸の身体

ひとりじゃないようでひとりだ梨を剥き梨に両手を濡らしていれば

恋人が兵隊になり兵隊が神様になる　ニッポンはギャグ

海山(うみやま)のじいんじいんと鳴りやまず駆けだす元日本兵の孫

もしもし、と降ってくる雨すこしずつ覚悟をすればすこしずつ老いて

梅の木の夏の荒くれほんとうの怒りの芯を離したくない

花火とはやさしき火薬ゆっくりとあなたが消えていくのが見える

会わないと確かに私が言ったのだ風吹く丘に面接のあと

掌（て）の中に小さく祈るちいさくちいさく心の果てに崖はひらけり

旧国道は山に吸われて途切れたり私は帰る私の家へ

一瞬をきらめきながら落ちてゆく一円とおく海は鳴るなり

手を振っているのが誰かわからずに近づいて行く逃げ水の先

# Ⅲ

## キムンカムイの夜

降りやまぬまま夜になり夜のまま世界は大きな熊となりたり

渡りゆく熊（キムンカムイ）の群青の気配のなかを湯たんぽつくる

石油にもガスにもカムイのおらざれば今灯したるこれもただの火

森（ニタイ）、炎（ヌイ）、野原（ヌプ）、山（ヌプリ）、涙（ヌペ）　唱えたら何かを喚（よ）んでしまう気がする

英雄のオキキリムイと付き合いたい男の人を信じてみたい

行っちゃうんですかと問われ行きますと答える人事異動と吹雪と

耳と耳の間にあるというたましい枕をせずに寝そべってみる

のぼりべつクマ牧場の熊たちに「ちょうだい」させてここから真冬

## 冬のスケッチ

冬の子はプラスチックの橇の上にすんすんとせり匂うの雪は

いいねヨークシャーテリアの赤い服いいね柴犬の素っ裸

こどもたちつららを食べる雪を食べる花が咲いたら花食べるべし

木の橇に私をのせてぎょうざ屋へ向かいたる祖父　吹雪、なのに

天狗山に天狗のスキー滑る見ゆ愉快なことがいちばん強い

## 川の名前

雪道にぽつりと落ちている松の小枝の緑なまいきである

◎がほしい◎がほしいと目覚めれば砂漠の戦車のようにさびしい

こうなればジャン＝ポール・エヴァン五千円銀のトレイに叩きつけたろ

感情が大きな鮭で遡るその川の名が私、なのだと

お年玉くださいニ百万円でいいです雪に立つ枯れ紫陽花

真夜中を一直線に冷えてゆくドアノブ、指輪、百円玉　寝る

### スイッチ

既婚者を好きになりそう　冬、それも真冬の森を長く歩めり

ユーカリの一枝むやみに大きくて抱くよりほかになく抱いており

ロマンチック・ラブ・イデオロギー吹雪から猛吹雪になるところがきれい

次々と蟹をひらいてゆく指の濡れて匂えり胸の港も

高級な干し貝柱を使っても不味くはなると知る大晦日

ナナカマド通りの冬は紅き実に雪の帽子をのせて、それから

だれもいないタオル売り場に左手を埋める尼にはどうやってなる

ああ目玉凍りそうでも凍らない私よもっと独りになれよ

さわらせてほしい背中の骨格のどこかに春のスイッチがある

万引き家族

ライラック咲いているってすぐわかる甘い風の日、歌集を売りに

新しい家の隣の古い家そのうしろにも見えないが在る

まんじゅうの重さはあんこの重さだと言う人おらずひとりぐらしは

年金がほしいよ鳩を追いかけて　くくっく・くっく　地獄すれすれ

中卒の亡父（ちち）をおもえり生臭き鯖缶のなかにある鯖の骨

豚ロース塩麹焼き　縞ホッケ　茄子のグラタン　読んでいるだけ

私みたい妹みたい母みたい亡父（ちち）みたい藤棚のぼろぼろ

ここからは「平成最後の夏」だから何だよカップ麺に熱き水

はんかちの木にはんかちの花は咲き馘首(くび)にされても生きていくんだ

土砂降りの朝の暗さもきもちよく　家族です　認めざるを得ない

もういいね

にがうりを塩で揉みつつ雨降りのゆうべを思う存分ひとり

きなこから掘り出しているわらびもち暇ではないよ自由なだけで

八月の霊気のなかで揺れている草と樹と花柄のスカート

十五秒なくなってまた戻り来る生放送（オンエア）という浅瀬に立てり

東シナ海の東にある雲をボタンひとつでぐるぐる回す

怒鳴られて怒鳴り返してオンエアは紛うことなき昭和の仕事

一生の仕事ではなく、だとしたら途中から樹になっていいかな

励ましてほしいと素直に言える人いいなちくく天ぶっかけうどん

ホットからアイスに変わるコーヒーの鳴きっぱなしの氷がわたし

暴風にひっくり返る傘をまた元に戻して　でももういいね

カニと餃子

おかずがない夜は涼しくテーブルにバターと醤油と目薬と釘

がんばったところで誰も見ていない日本の北で窓開けている

蝦夷松のあそこに私のたましいがひっかかってるけどそれでいい

交差点　炎天　胸に抱きしめる毛蟹ですこし涼しいわたし

陸上部だったOくん

Oくんが走っていってそのままの水玉模様の夏のあおぞら

あれは旗、いいえTシャツ　こちらだけ七十年も長く生きるよ

半島に生まれ変われば海を見てキツネを背中に遊ばせ暮らす

某大学病院で出会ったわたしたち

よく見れば傷だらけの樹、そのようなともだちが焼く餃子が美味い

おにぎりを二つ食べればあたたかく三つ食べればこの世のからだ

ろうそくの火を吹き消してもうおばさんですってそんなことが何になる

これからもずっと人間　さびしくて私は不死身の杉元が好き

会いたいと思えば会える眩しさに北大植物園の合歓の樹

カムイおらずおらざれば少しほっとしてアイスブルーのビルの間を往く

二〇一八年は北海道命名一五〇年

夏ばらをすずめは揺らしばらが鳴るすずめが鳴る　もう帰るんですわ

遠のいてしまうとしてもがたんごとん路面電車は夕風のなか

## 生活情報部にて

二〇一八年九月六日　北海道胆振（いぶり）東部地震発生　札幌市内Bテレビ局

九月六日午前三時七分より何かがずれてまだ戻らない

ぐらぐらと揺さぶられてもなんでかな半笑いの中腰でわたくし

Tさんが「カメラ回して！」と叫びつつ消えてゆく暗い廊下の先へ

津波はと問う声にひどく狼狽えて、〈うろたえる〉ってどんな字だっけ

ヘルメット、時計、ペン類、掲示板　撮るだけ撮ってだれも拾わず

北海道全域大停電であるほっかいどうらしくて泣いちゃうぞ

中継をつなげば暗きすすきのに眠り続けてニッカのおじさん

手で書いて手で複写（コピー）した「中K車」出動一覧いちまい白し

複写式原稿用紙の「新千歳空港閉鎖」という殴り書き

バッテリーライトに照らし出されたる報道記者の顔のはんぶん

なんでまたこんな仕事をしてるんだスタッフジャンパー脱ぎ捨てて四時

「暑い」のか「熱い」のか　やがてAさんが抱えて持って来る扇風機

アイドルのサイリウム棒を振りながらNちゃんが来てみんな笑った

揺れていますスタジオも今揺れていますます揺れてもきみは喋り続けよ

火の車燃えて走ればうつくしく　札幌　夜はじきに明けるが

*

〈あきらめる〉というポジティブシンキングたとえば車庫でジンギスカンする

ゆうぞらにほそくたなびきたる雲の、いいえ中継回線　届け

暗闇に沈みゆく街　一瞬も歌を詠もうと思わなかった

大停電の夜に

梔子の鉢がことこと鳴っている暗くて小さな私の部屋で

人だけが人を見ているゆうぐれの手信号　まだ滅んでいない

タクシーを停めたい人の手のひらが白く浮かんで流れてゆけり

しゃぼん玉けむりのように立ちこめて公園に一〇〇人のこどもたち

先輩はトイプードルを私はわたくしを抱き非常階段（かいだん）のぼる

窓に顔、顔の向こうに札幌の抜け殻、抜け殻にも窓がある

捨てられたような気がして、でも捨てたような気もする　夜　広いひろい

東京にもう憧れることもなくお湯がなければ水で洗いぬ

「投げて」って言われて投げる　福太郎、今宵を土に睡る人がいる

犬がくさい、くさいがきみは生きているそれっぽっちの尻尾を振って

テレ朝と喧嘩していた先輩のごぼうのようなたましいが好き

酔いどれの男がふたりゆらゆらと闇の向こうへ消えてゆきたり

テレビ塔　市電のレール　タチアオイ「中国料理　布袋」の看板

元気とはちがう力で生き延びる　そうだね不死身の杉元佐一

ひと月後――めがねを割って大吉を引いてゆかいに暮らしています

## 灯

灯芯をこころにすっと立ててみる募金するとき投票するとき

# Ⅳ

ゆめ

カーテンを洗って干して短歌捨てて市場でじっとカレイ見ている

〈肋骨服〉という言葉を気に入ればくちびる荒れるままに霜月

はりきって十時間寝た。ゆめのなか殺し屋と四回戦えり

詠んでも詠んでもおはぎくらいの大きさの虚しさがあるあばらの中に

剣客だから

地吹雪のむこうがわからウラジーミル・プーチン現れそうで現れず

四捨五入したら北海道はロシア粉薬のごとき雪のくるしさ

シムビコートタービュヘイラー吸いながら咲(ひら)けと願う蒼き気管支

ナイロンとウールに痒くなる肌のその朱(あけ)のいろ冬のゆうべは

雪つぶの固さに冴えてゆくこころ剣客だから速足で行く

## 正気

すずらんのように体を屈めつつふたつの乳房をまとめる朝は

三人は産めと言われて　ふわふわのたまご蒸しパンこの中で暮らそ

やわらかな空を透かしてビニールは舞う、舞うほどに千切れるとしても

アイドルが〈謝罪〉しているこの夜をフュリオサ大隊長どこにいる

街灯に途切れとぎれに照らされる女の顔や崖やピストル

目をつむり私のなかの侍へ会いに行くおにぎりくれました

セフカペンピボキシル錠ふんわりと桜色して菌みなごろし

暗殺者(アサシン)のごとくにさっと掻き切ってクリーム入れてシュークリームさ

ねこ用の枕にちょんとあたま載せてねこは眠る　正気をありがとう

## MIMI

いつだって吹雪はじゃれているだけだ春生まれならたんぽぽだった

三階の窓辺のミミに手を振ればいくさ帰りのおとこの気持ち

三毛猫のまだらもようの肉球を押せばきゅうきゅう鳴る凍結湖

いっぴきとひとりのくらし真剣に紐を投げれば全霊で追う

お風呂場にネギを隠せりじんせいがふっくらとするのを感じつつ

くちづける猫のあたまの小ささよ悲しいことはヒトの領分

夏のパジャマ小さく小さく畳まれて引き出しにあり　狂わず生きよ

大聖堂が燃えた日

カテドラル・ノートルダム・ド・パリずっと「速報」の字に汚されながら

二〇一三年の夏、六週間だけパリにホームステイしていた。

あたらしい私？が Tour Eiffel の展望台でくたびれている

この腕のバゲットも武器にならざればこころを立てて雑踏を行く

右岸左岸ひとしく暮れてわたくしはオデットさんのメモが読めぬまま

こんにちはさよなら同じ数あって教室にする風の横顔

言語野にあかるい風はめぐり来て直されている printemps（春）の鼻母音

きみに王わたしに皇帝　八月の練習帳（カイエ）に国を描き合っている

消えるのが約束なんて仕方がない移動遊園地　今は光ってろ

踊るなら今だろうなと思いつつ豪雨の十八区を走ってる

物乞いのおんなも掏摸の少年も炎に瞳を揺らしているか

ひこうき雲

頬杖をついて水平線を見るそのようにいま白髪を抜かず

紫陽花にまみれて小さき家の見ゆいつかの悪夢（ゆめ）の続きのように

もう辞めるＹくんを誰も怒らない　私も　ブラインドすっすっす

「北川」と間違われても振り返るたいせつなのは「北」なのだから

六月の蕎麦がつめたく光るから絶望せずにいられたような

サイレンの遠く聴こえる白昼を屍のポーズ（シャヴァ・アーサナ）におもいきり死ぬ

パスチマナマスカラ背中で合掌ができなくて、できなくてもよくて

彼岸には背高泡立草まみれの空き地だろうか　家を建てたい

ひこうき雲のびてゆく空わたくしは理想のラーメンを想い描く

復讐を漫画のなかに読み終えて明るく昏く眼（まなこ）ひらきたり

〈勿忘草色（フォゲットミーノット）〉の空へ手を伸ばすポプラよ夏にこころは老いる

星ひとつぶ口内炎のように燃ゆ〈生きづらさ〉などふつうのテーマ

真夜中

箸置きにスプーン、壁に登山の絵　夜を越えたら明日だなんて

お茶漬けをさらさら飲んでたましいを膨らませたり雨の真夜中

咳をするたびに整うさみしさの最後の最後に愛恋はあり

ひらかないままの梔子〈言わない〉と〈言えない〉の違いなど知っている

傘差してなお少しずつ体濡らす人々に守りきれぬものあり

蛾、それから角の潰れたボルヴィックたった一つの夜を飾りぬ

寝て起きて麦茶をのんでまた眠るがんばりたい人だけがんばって

六文字

セーターが温泉のように暖かいセーターだけが今あたたかい

雪ふれば雪国らしいさみしさにむかしの市場などを思いき

だいこんのしみじみ煮えてゆく夜をゆたかに燃えてわが本能寺

門松のように冷たい表情でヨドバシカメラを歩いてみたり

五円玉覗いてみればふゆぞらに〈なんでやねん〉の六文字は見ゆ

セクハラはなかったことにできないよ。ようこそシベリアからの白鳥

はるにれの裸の胸を、その虚（うろ）を　武士道はただのプリンであった

燃えやすき樹皮に冷たきたましいを抱いて白樺（しらかんば）のひとり勝ち

麒麟待ち

骨壺を抱くようにしてエクレアの小さな箱を　まだ降っている

降る雪の速さにすこし眩暈してすこし出て行く私とおもう

秋に見た合歓の木をもう見失う　失えばこそ手紙のごとし

明るくて昏くてこんな曇り日は指輪を並べふむふむとせり

グラタンのホワイトソースに沈みいる鱈や小樽や風邪のおもいで

兄弟がラッコのようにくっついて笑っているの、橇が青いの

冬に降る雨のなければ冬に立つ虹もまたなし炬燵でひるね

雪明かり　さみしいときに現れる橋などもあり中居くんがいる

ランニングマシーンの唸り身体から心へ至る道を走れば
にんげんは一輪挿しのようなものの水を飲んだら森を見に行く

産む人のために異動をしたことも猫柳揺れる光の向こう

東京のように冷たく強く速く給料上げろと告げて来たりぬ

ヤクルトを飲み干すときのまなうらに三月、九月の静けさは見ゆ

迅き雲、遅き雲あり信長も光秀もやはり生まれ変わらず

未婚の末に大きく○をアムールの河口をすでに氷は発ちたり

ともだちが短歌をばかにしないこととうれしくてジン・ジン・ジンギスカン

きっと会うあなたの歌集、わたしの歌集　桜が冬を終わらせに来る

赤ちゃんという花束をそろそろと覗いてみんないくさの途中

しんしんと光を流し冬の川わたしの麒麟はまだ山手線

きもちよく隙間を見せてあじさいの枯れつつ立てり　明日もわたし

月や桃

葱のにおい　厨仕事にかけられた呪いを解いてといて百年

りんりんと竹の根元の光る夜ささやくごとき生理痛あり

粉雪のスローモーションこの星に結婚相手がひとりもいない

人生がきらいで好きでばらの花わたしが竜宮城生まれでも

逃げる逃げる水餃子かな〈暮らし〉という揺らめくものもオーロラと呼ぶ

お葬式するならこんな大雪のしずかな午後のヒヤシンスの間

降り積もる雪のおもてにかすかなる風の紋あり触れるべからず

ＡＤの中村くんが駆けて行く彼はこれから獅子舞を舞う

朝火事のニュースに映るだれかの窓、だれかのパジャマ、歩道橋、青

二十二歳、三十七歳ならびつつ氷柱（つらら）のように同僚である

一年に一歳としをとることとの、ただそれだけに菊は匂えり

東から西へと朝を追いかけるお天気カメラ操作士の指

帰るべき星のなければあの夏のサン＝テグジュペリ空港を恋う

七転び八起きというか八転び九起き胸に鳩のブローチ

おのずから雪に沈んでいくような二月の街が確かに羨し

かなしみも怒りも翼になるのだし寿司は今夜も回っているし

昔むかしともだちだった彼女にも鬼ヶ島の彼にもチョコレート

ふるさとのあのバス停のさみしさが揺れるわ新宿なんかにいると

ハロー・グッバイ　ひっくりかえる一瞬の光もぜんぶお好み焼きだ

みずうみを黒目の奥に飼っている歌人とおもう目白通りに

立春や獣神サンダー・ライガーのブレーンバスターめでたしめでたし

炬燵というやさしき穴へ潜り込むわたしも猫も天狗も亀も

枝という枝を重たく撓らせて蝦夷松がんばっちゃう会いに来て

どん、ぶら、こ　雪の石狩川を行く大きな桃を見て　それだけよ

元気でいてね

つらはもう行ってしまったあの重い受話器で電話かけたくなった

論作両立、文武両道、雨竜郡幌加内町朱鞠内も雨

曇天に裸の枝をしならせて連翹、不機嫌ならそのままで

暗がりへ手をのばしたら毛があって顔がありやがて「ミィ」と鳴きたり

骨という字のなかの月、闇という字のなかの音　合戦前夜

てのひらに消毒液はきらきらと　元気でいてね指輪みたいに

こたつ布団そっと外せばテーブルの脚はまっすぐ春に立ちおり

## オリジナル スマイル

轢かれそう、というか車が速すぎるハクモクレンは咲きすぎている

あたらしいガラスの空を磨きおりポプラ並木もはぐれカモメも

ワンピース選んでいれば布から顔、顔から布の場面（シーン）となりぬ

カーテンとわたしのしんしん深呼吸　いのちを、まもる、ため、家にいよ

風の音……三蔵法師の背中にも貼ってあげたしピンクの湿布

つまらない豆腐のうえを初夏の水が光って一丁前だ

洗う手のひとさしゆびが母に似てもっと巻き戻せばだれのゆび

プリズムはニシンの鱗、水たまり、母娘（おやこ）喧嘩のあとのラーメン

姉は冬、妹は夏に飛び出して夏なれば歩き続けたるあの子

ひとつぶの心に思い煩えば楓のうろを覗いてもみる

しぶとくて寂しがり屋のゆうれいの耳飾りならドクダミの花

出航というきらめきを見ていたり〈僕〉とはいにしえの一人称

バリカンを祖父の白髪にあてながら母は泣いたりしたのだろうか

どの島で戦ったのかだれも知らず飯塚好之助、風のじいさん

どろぼうの家だと祖母がゆびさしたあの家よりもああ辛夷の木

夕焼けが坂をのぼって石段をのぼって仁王立ちのわたしへ

「オリジナル スマイル」聴けばうるみつつ戻ってしまいそうで踏ん張る

「おうち」には「居場所」があるか　鳴きやまぬＷＡＯＮの森を抜けて帰らな

梅干しの種しゃぶりつつ見る月のまんまるなのは苦しいよなあ

人生は一度きり、でも財布には一枚っきりの柏の葉、でも

イカフライの皿の油をなめている猫を抱き上げ　醤油かソースか

ぬ・ぬ・ぬ・布マスク二枚ふ・ふ・ふ・憤死のエネルギーで元気

固いのかやわらかいのか見た目ではわからぬ蕾　爆発注意

約束はレモンイエロー一通の手紙を空にかざして夏へ

崖にて

しわしわの崖の肌に陽がさせば昏き胸より剣うまれくる

あとがき

高校生のときに短歌と出会った。七年ほどの中断を経て二〇一二年に再開し、翌年まひる野に入会した。本書は二〇一二年から二〇二〇年までの四四六首を収録している。ほぼ制作順に並んでいるが、適宜、修正・追加・並び替えを行った。

故郷の小樽を出て札幌で働き始め、世界が広くなるにつれて劣等感に苛まれるようになった。短歌を再開してからはなおさら。自分が大学を出ていたら。自分が東京に住んでいたら。自分にもっと収入があったら。自分がもっと聡明だったら。自分がもっと若かったら。でも、どんな境遇であろうと、どこに住んでいようと、私が私である限り、たいした人間にはなっていない……、ということに三十代半ばになってようやく気が付いた。解放されたとまではいかないけれど、四十代を前にして、のびのび生きる準備が整ってきたという感じがしている。立派な歌は詠めないけれど、たいしたことのない私のままで、いちいち悩んだり迷ったりしながら、私にしか詠めない歌を目指していきたい。

篠弘先生をはじめ、まひる野のみなさん、特にマチエールと北海道支部の仲間たち、帯文を寄せてくださった島田修三先生。私の歌を磨き、鍛えてくれたのはみなさんです。心から感謝しております。また、第七回現代短歌社賞の選考委員である阿木津英氏、松村正直氏、黒瀬珂瀾氏、瀬戸夏子氏にもお礼申し上げます。短歌を通して出会えた方々、応援してくれている友人たち、そして、北海道新聞の短歌欄でお世話になった松川洋子先生にもお礼を言いたいです。本当に、ありがとうございます。

本書の製作にあたって、現代短歌社の真野少さん、装幀は花山周子さんにご尽力いただきました。深く感謝いたします。

二〇二〇年九月

北山あさひ

北山あさひ（きたやま　あさひ）
1983年　北海道小樽市生
2013年　まひる野入会
2014年　第五十九回まひる野賞受賞
2019年　第七回現代短歌社賞受賞

歌集　崖にて　まひる野叢書第三七八篇

著者　北山あさひ

二〇二〇年一一月六日　第一刷発行
二〇二三年五月二九日　第二刷発行

定価　二〇〇〇円＋税

発行所　現代短歌社
〒六〇四ー八二一二
京都市中京区六角町三五七ー四　三本木書院内
電話　〇七五ー二五六ー八八七二

発売　三本木書院
発行人　真野少
装丁　花山周子
印刷　創栄図書印刷
製本　新里製本所

© Asahi Kitayama 2020 Printed in Japan

ISBN978-4-86534-346-5　C0092 ¥2000E

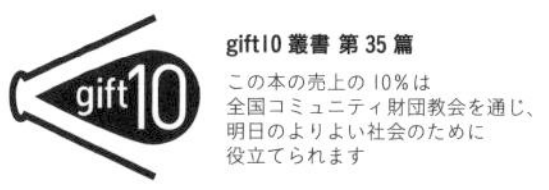

Special Thanks

Sanae Hirosaka

Mutsuko Tomita

Yukie Goto

Ai Yamakawa

Naoko Hiraoka

Satoko Higuchi

Kanako Kujirai

Rinako Samaki